Nie erfahren wir
unser Leben stärker
als in großer Liebe
und in tiefer Trauer.

Nicht jauchzen, nicht klagen

Jauchze nicht, mein Herz, wenn flüchtig
dich berührt des Glückes Hauch ...
Alles Irdische ist nichtig
und die Freude ist es auch.

Klage nicht, mein Herz, wenn quälend
dich ein wildes Weh umfing –
Sieh, vorüber geht das Elend,
wie das Glück vorüber ging!

Trage beides! Denn vorüber
geht die Freude, geht das Leid, –
kämpfe mutig dich hinüber
in den Schoß der Ewigkeit.

benno

Rainer Maria Rilke

Des Herbstes sanfte Stille

ERMUTIGENDE GEDANKEN

Ende des Sommers

Der Sommer war so wie dein Haus,
drin weißt du alles stehn –
jetzt musst du in dein Herz hinaus
wie in die Ebene gehn.
Die große Einsamkeit beginnt,
die Tage werden taub,
aus deinen Sinnen nimmt der Wind
die Welt wie welkes Laub.

Durch ihre leeren Zweige sieht
der Himmel, den du hast;
sei Erde jetzt und Abendlied
und Land, darauf er passt.
Demütig sei jetzt wie ein Ding,
zu Wirklichkeit gereift, –
dass Der, von dem die Kunde ging,
dich fühlt, wenn er dich greift.

Herbsttag

Herr: es ist Zeit. Der Sommer war sehr groß.
Leg deinen Schatten auf die Sonnenuhren,
und auf den Fluren lass die Winde los.

Befiehl den letzten Früchten voll zu sein;
gib ihnen noch zwei südlichere Tage,
dränge sie zur Vollendung hin und jage
die letzte Süßc in den schweren Wein.

Wer jetzt kein Haus hat, baut sich keines mehr.
Wer jetzt allein ist, wird es lange bleiben,
wird wachen, lesen, lange Briefe schreiben
und wird in den Alleen hin und her
unruhig wandern, wenn die Blätter treiben.

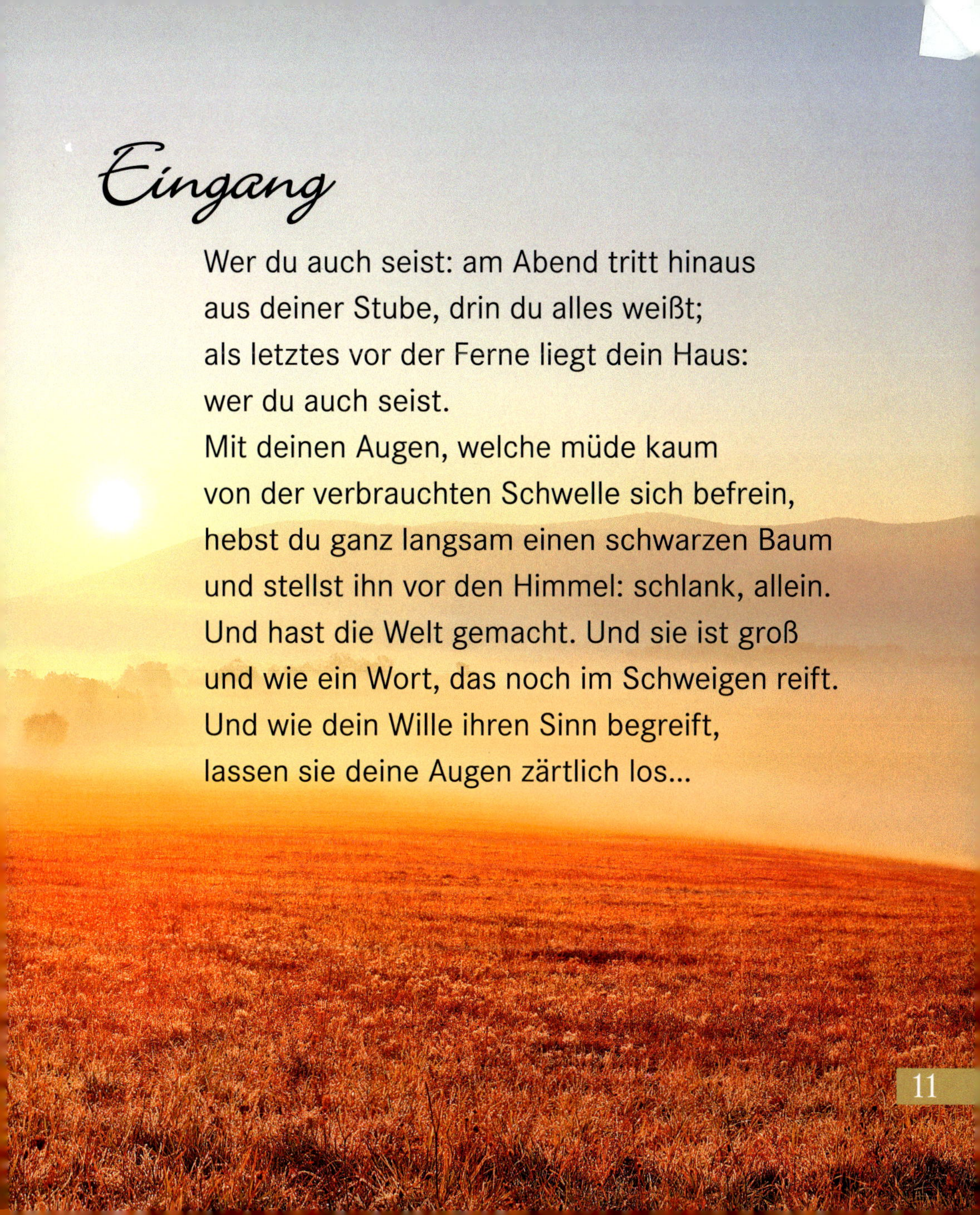

Eingang

Wer du auch seist: am Abend tritt hinaus
aus deiner Stube, drin du alles weißt;
als letztes vor der Ferne liegt dein Haus:
wer du auch seist.
Mit deinen Augen, welche müde kaum
von der verbrauchten Schwelle sich befrein,
hebst du ganz langsam einen schwarzen Baum
und stellst ihn vor den Himmel: schlank, allein.
Und hast die Welt gemacht. Und sie ist groß
und wie ein Wort, das noch im Schweigen reift.
Und wie dein Wille ihren Sinn begreift,
lassen sie deine Augen zärtlich los...

Herbst

Die Blätter fallen, fallen wie von weit,
als welkten in den Himmeln ferne Gärten;
sie fallen mit verneinender Gebärde.

Und in den Nächten fällt die schwere Erde
aus allen Sternen in die Einsamkeit.

Wir alle fallen. Diese Hand da fällt.
Und sieh dir andre an: es ist in allen.

Und doch ist Einer, welcher dieses Fallen
unendlich sanft in seinen Händen hält.

Lebensweisheit

Unstete Waage des Lebens
immer schwankend, wie selten
wagt ein geschicktes Gewicht
anzusagen die immerfort andre
Last gegenüber.

Drüben, die ruhige
Waage des Todes.
Raum auf den beiden
verschwisterten Schalen.
Gleichviel Raum. Und daneben,
ungebraucht,
alle Gewichte des Gleichmuts,
glänzen, geordnet.

Lebenstrost

Die Zeit „tröstet" ja nicht, wie man oberflächlich sagt, sie räumt höchstens ein, sie ordnet ... Nicht sich trösten wollen über einen Verlust müsste unser Instinkt sein, vielmehr müsste es unserer tiefe schmerzhafte Neugierde werden, ihn ganz zu erforschen, die Besonderheit, die Einzigartigkeit gerade dieses Verlustes, seine Wirkung innerhalb unseres Lebens zu erfahren, ja wir müssten die edle Habgier aufbringen, gerade um ihn, um seine Bedeutung und Schwere, unsere innere Welt zu bereichern ...

Ein solcher Verlust ist, je tiefer er uns trifft und je heftiger er uns angeht, desto mehr eine Aufgabe, das nun im Verlorensein hoffnungslos Betonte neu, anders und endgültig in Besitz zu nehmen: dies ist dann unendliche Leistung, die alles Negative, das dem Schmerz anhaftet, alle Trägheit und Nachgiebigkeit, die immer einen Teil des Schmerzes ausmacht, auf der Stelle überwindet, dies ist tätiger, innen wirkender Schmerz, der einzige, der Sinn hat und unser würdig ist.

Lebensmut

Man sollte nicht fürchten, dass unsere Kraft nicht hinreichte, irgendeine, und sei es die nächste, und sei es die schrecklichste Todeserfahrung zu ertragen; der Tod ist nicht über unsere Kraft, er ist der Maßstrich am Rande des Gefäßes: wir sind voll, sooft wir ihn erreichen – und Vollsein heißt (für uns) Schwer-sein ... das ist alles.

Abend

Der Abend wechselt langsam die Gewänder,
die ihm ein Rand von alten Bäumen hält;
du schaust: und von dir scheiden sich die Länder,
ein himmelfahrendes und eins, das fällt;

und lassen dich, zu keinem ganz gehörend,
nicht ganz so dunkel wie das Haus, das schweigt,
nicht ganz so sicher Ewiges beschwörend
wie das, was Stern wird jede Nacht und steigt –

und lassen dir (unsäglich zu entwirrn)
dein Leben bang und riesenhaft und reifend,
so dass es, bald begrenzt und bald begreifend,
abwechselnd Stein in dir wird und Gestirn.

Wachsen

Die Zeit ist wie ein welker Rand
an einem Buchenblatt.
Sie ist das glänzende Gewand,
das Gott verworfen hat,
als er, der immer Tiefe war,
ermüdete des Flugs
und sich verbarg vor jedem Jahr,
bis ihm sein wurzelhaftes Haar
durch alle Dinge wuchs.

Lebensbaum

Ich liebe meines Wesens Dunkelstunden,
in welchen meine Sinne sich vertiefen;
in ihnen hab ich, wie in alten Briefen,
mein täglich Leben schon gelebt gefunden
und wie Legende weit und überwunden.

Aus ihnen kommt mir Wissen, dass ich Raum
zu einem zweiten zeitlos breiten Leben habe.
Und manchmal bin ich wie der Baum,
der, reif und rauschend, über einem Grabe
den Traum erfüllt, den der vergangne Knabe
(um den sich seine warmen Wurzeln drängen)
verlor in Traurigkeiten und Gesängen.

Lebensweg

Indem das Leben nimmt und gibt und nimmt,
entstehen wir aus Geben und aus Nehmen:
Ein Schwankendes, sich Wandelndes, ein Schemen
und doch in unserer Seele so bestimmt

hindurchzugehn durch dieses Sich-verschieben
unangezweifelt, aufrecht, unbeirrt
von Tag zu Nacht, von Nacht zu Tag getrieben,
aus denen unaufhaltsam Leben wird

von unserm Leben, Blut von unserm Blut,
Lust von der unsern, Leid das wir erkennen,
von dem wir uns auf einmal wieder trennen,
weil unsre Seele, einsam, schon geruht

vorauszugehn ...

Traum

Ich lebe mein Leben in wachsenden Ringen,
die sich über die Dinge ziehn.
Ich werde den letzten vielleicht nicht vollbringen,
aber versuchen will ich ihn.

Ich kreise um Gott, um den uralten Turm,
und ich kreise jahrtausendelang;
und ich weiß noch nicht: bin ich ein Falke, ein Sturm
oder ein großer Gesang.

Bibliografische Information der Deutschen Nationalbibliothek
Die Deutsche Nationalbibliothek verzeichnet diese Publikation in der Deutschen Nationalbibliografie; detaillierte bibliografische Daten sind im Internet über http://dnb.d-nb.de abrufbar.

Quellenverzeichnis

Fotos:
Cover: © ecco/Shutterstock; Vor- und Nachsatz: © rodho/Shutterstock; Seite 4/5 © djama/Fotolia; 6/7: © Vibrant Image Studio/Shutterstock; 8/9: © motorradcbr/Fotolia; 10/11: © Thomas Sereda/Fotolia; 12/13: © LilKar/Shutterstock; 14/15: © Serg64/Shutterstock; 16/17: © djama/Fotolia; 18/19: © Nataliia Pyzhova/Shutterstock; 20/21: © Taiga/Shutterstock; 22/23: © Mirko/Fotolia; 24/25: © Creative Travel Projects/Shutterstock; 26/27: © snvv/Fotolia; 28/29: © isak55/Shutterstock.

Besuchen Sie uns im Internet:
www.st-benno.de

Gern informieren wir Sie unverbindlich und aktuell auch in unserem Newsletter zum Verlagsprogramm, zu Neuerscheinungen und Aktionen. Einfach anmelden unter www.st-benno.de.

ISBN 978-3-7462-4110-4

Zusammenstellung: Volker Bauch, Leipzig
Umschlag: Ulrike Vetter, Leipzig
Gesamtherstellung: Arnold & Domnick, Leipzig (A)